Cuentos fantásticos

La Bella Durmiente

Jacob y Wilhem Grimm

Tiempo de lectura *8 minutos*
Edad recomendada *7 años*

Del autor y la obra

Este cuento, que parte de Perrault y cuya versión más famosa es de los hermanos Grimm, se cree que se basa en una novela francesa del siglo XIV y que cuenta las gestas del rey Perceforest.

En un país de ilusión y fantasía, vivían un rey y una reina que, por encima de todas las cosas, deseaban tener un hijo, pero pasaban los años y los años y, aunque no perdían la esperanza, el bebé no llegaba.

La reina iba todas las mañanas a bañarse a una laguna y, cuando salía del agua, lloraba amargamente y decía afligida:

—¡Qué felicidad si pudiera tener una niña!

Una mañana, una rana saltó del agua y le habló:

—Deja ya de llorar, reina —le dijo—, porque tus deseos van a ser cumplidos. Antes de un año tendrás una princesita.

Y al cabo de un año, tal y como le había dicho la rana, la reina tuvo una niña preciosa.

Los reyes, muy felices, celebraron un bautizo, incluso con hadas, para que éstas influyeran para bien en el porvenir de la niña.

Sin embargo, el hada maléfica Díbula no fue invitada y, muy enfadada, se acercó a la cunita de la princesa y gritó:

—¡Cuando cumplas quince años te pincharás con una rueca y morirás! He dicho.

Pero aún faltaba un hada por ofrecer su regalo a la princesita, así que después de lo ocurrido se acercó a los apenados padres y les dijo:

—Yo no puedo cambiar el horrible destino que ha fijado Díbula para vuestra hija, pero sí puedo modificarlo. La princesita no morirá, sólo quedará profundamente dormida en un sueño que durará cien años. Y con ella dormirá toda la vida del castillo, incluida toda la servidumbre.

Aun así, desde ese momento se mandó requisar todas las ruecas del país y se fijó un duro castigo para aquel que no las entregara e incumpliera la orden.

Pasó el tiempo fijado y las predicciones de las hadas buenas se fueron cumpliendo al pie de la letra: la princesita creció hermosa, modesta, amable e inteligente, con una belleza insuperable, además de otras virtudes por las cuales nadie podía dejar de amarla.

Pero cierto día que los reyes habían salido a dar un paseo, la princesita, que acababa de cumplir quince años, se quedó sola en el palacio.

Como sentía gran curiosidad por saber qué se encontraba tras las numerosas puertas que había en palacio, se puso a pasear por todas las habitaciones y estancias en las que nunca había entrado.

Subiendo unas oscuras escaleras, descubrió una habitación diminuta. Al fondo, pudo ver a una dulce viejecita que hilaba un copo de lana con un huso en la mano.

La anciana, que debido a su sordera no se había enterado del edicto real, seguía hilando ajena a todo lo ocurrido en palacio.

Pero la muchacha tenía gran curiosidad por aquel objeto que nunca había visto y asiendo la rueca entre sus manos, quiso ponerse a hilar.

Apenas tocó la rueca, el destino se cumplió y el huso se clavó en el dedo de la princesa.

Al instante, la bella muchacha cayó sobre la cama que estaba allí y quedó dormida en un profundo sueño, que pronto se extendió por todo el palacio.

El rey y la reina, que acababan de llegar, se quedaron dormidos allí mismo, y con ellos todos los cortesanos y servidores.

Los animales de las cuadras, así como los perros que acompañaban siempre a la princesa, cayeron aletargados. También el viento se detuvo y en los árboles no se movió ni siquiera una hoja.

El palacio estaba rodeado de un seto de rosales: cada año las rosas crecían y se enredaban más y más, hasta que por fin taparon el inmenso edificio desde el suelo hasta el tejado, impidiendo la entrada.

En el país fue formándose la leyenda de la Bella Durmiente, y muchos príncipes llegaron de lejanos reinos para intentar entrar en el castillo; pero todos tuvieron que retroceder a causa de las espinas de las rosas, que eran tan grandes que les hacían morir en el intento.

Pasado casi un siglo, cien años menos un día, un príncipe del otro lado del mar llegó al país y oyó relatar a un viejecillo la leyenda de la bella princesa y del palacio encerrado en el seto de rosas, despertando en él gran curiosidad.

El valiente príncipe, que no temía el peligro, se dirigió al palacio dispuesto a entrar.

Cuando el joven se acercó a la muralla, ésta estaba florida y entre las rosas se podían ver espinas tan largas como dagas.

Sacó su espada y se dispuso a cortar el seto para abrirse paso, pero de una forma mágica las ramas se apartaron para dejarle pasar y volvieron a cerrarse a su espalda.

En el patio y en las cuadras encontró a los caballos y a los perros dormidos y en los sillones soñaban apacibles los gatos.

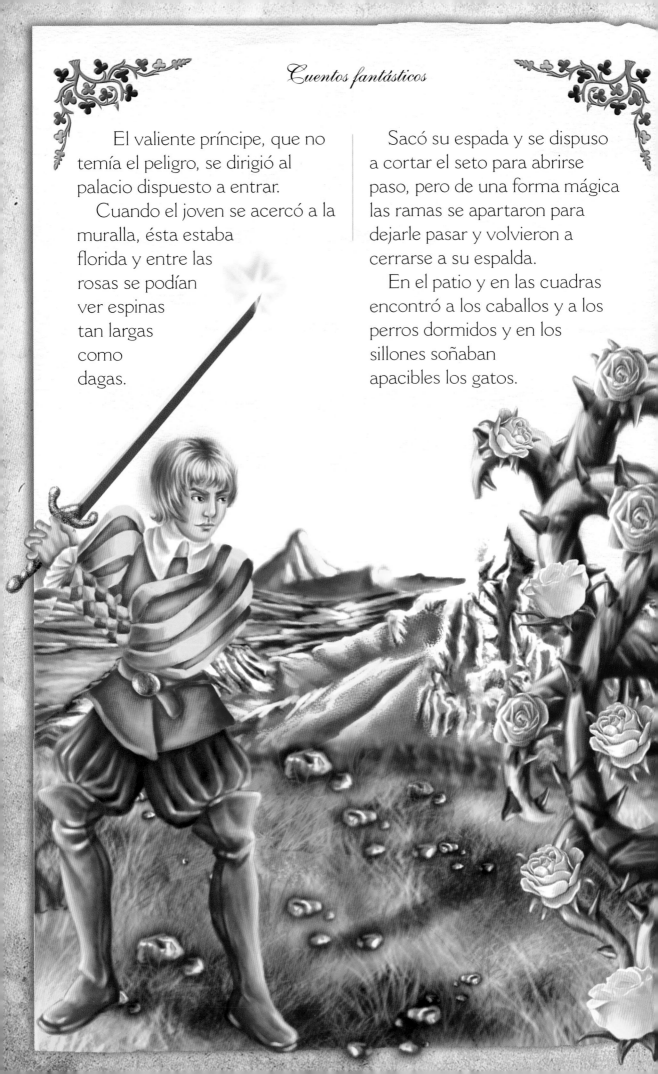

Las palomas arrullaban con la cabeza bajo el ala, y la reina y el rey dormían también cerca de sus tronos. Siguió caminando entre cortesanos y sirvientes aletargados, hasta que llegó a la escalerilla de la torre, la subió y entró en la habitación diminuta.

Allí, tendida sobre el lecho y tan hermosa que el príncipe no podía apartar la vista de ella, estaba la princesa y, casi sin darse cuenta, se inclinó y la besó. Apenas había tocado sus labios cuando la Bella Durmiente abrió los ojos y lo miró arrobada. De la mano, bajaron las escaleras y fueron a los salones del palacio.

A su paso se iba produciendo la magia: los reyes se despertaron, también los sirvientes, todos mirándose unos a otros con ojos sorprendidos. Todos se sintieron felices, abrazándose sin saber muy bien todavía qué suceso mágico y misterioso había ocurrido.

A los tres días, se celebró la boda del príncipe extranjero con la Bella Durmiente, y a ella asistieron todas las hadas menos la maléfica Díbula.

Como en la ceremonia anterior, las hadas buenas volvieron a colmar de dones a la dulce princesa, dones que hicieron extensivos a su marido y a sus padres.

Así es que todos ellos vivieron felices durante muchos, muchos años.

El príncipe rana

Charles Perrault

Del autor y la obra

*Charles Perrault (1628-1703)
publicó sus cuentos bajo el título
de «Historias del tiempo pasado.
Cuentos de mi madre la Oca»,
exitoso desde su primera edición,
dedicado a la nieta del
rey Luis XIV.*

Tiempo de lectura *10 minutos*
Edad recomendada *8 años*

En aquellos tiempos, cuando las hadas iban y venían por los aires, cuando las brujas buenas preparaban jarabes para curar la tos y las brujas malas lanzaban hechizos horrorosos, existió un rey que tenía dos hijas.

La mayor, Lidia, era muy hermosa. Su cabello era rubio y brillante como el oro, su piel blanca como la madreperla, sus ojos grandes y azules como dos luceros reflejados en un lago de montaña y su boca era de un rojo tan subido como el de los preciados rubíes.

La segunda, cuyo nombre era Laura, no reunía ni mucho menos tal cantidad de perfecciones, pero en ella destacaban otras virtudes que no envidiaban a la belleza.

Mucha de la gente del palacio pensaba que la alegría que brillaba en sus ojos, el sonido cristalino de su risa y su enorme simpatía y buen humor, eran mil veces más cautivadores que las prendas que adornaban a la hermana mayor. Además, poseía un corazón grande y generoso que se abría de par en par a todo aquel que la necesitaba.

Por supuesto, y como ya habréis imaginado, todos los príncipes de los alrededores quedaban con la boca abierta contemplando la incomparable belleza de Lidia y esto hacía que ninguno de ellos se fijara en la hermana pequeña.

Una tarde, cuando Laura estaba podando unos jazmines reales, Lidia se acercó y se puso a jugar con una pelota de oro, regalo de su hada madrina el día que la bautizaron.

—Ten cuidado. Si sigues haciendo saltar la pelota aquí, se te va a caer al pozo –le advirtió Laura.

—No se me va a caer. Sé cómo jugar con ella sin que se me caiga. Parece que deseas que la pierda.

Y mientras decía esto, se le escapó de las manos y fue a parar al pozo.

—¡He perdido mi pelota de oro! ¡Tú tienes la culpa! Querías que se me cayera porque tenías envidia por no tener una igual.

Con tanto sollozo, no se dieron cuenta de que una voz les hablaba muy bajito.

—Princesita, mi dulce y bella princesa, escúchame.

Por fin, se dieron cuenta y vieron a una rana reluciente, que miraba fijamente a Lidia.

—Te he oído llorar por tu pelota de oro y estoy dispuesta a ayudarte. ¿Si te traigo la pelota me darás lo que yo desee?

—¡Oh! Sí, sí, sí.

—Quiero que seas mi amiga, que juegues conmigo todos los días, que me sientes a tu lado en la mesa, me des de comer y me dejes dormir en tu cuarto por las noches. Concédeme estos deseos y te traeré tu pelota.

La rana se tiró al pozo y al poco trajo la pelota. Se la tendió a la princesa.

—Toma, yo he cumplido con mi palabra. Ahora debes cumplir tú con la tuya.

Pero Lidia, que era muy arrogante, no tenía pensado cumplirla y se marchó a palacio.

—¡Qué ingratitud tan enorme! —se quejó la rana.

—Es que mi hermana —intervino Laura—, siempre hace su voluntad y nunca cumple lo que promete.

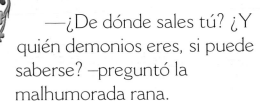

—¿De dónde sales tú? ¿Y quién demonios eres, si puede saberse? –preguntó la malhumorada rana.

—Soy Laura, la hermana pequeña de Lidia. ¿No me habías visto?

—La verdad es que no veía más allá de la belleza inigualable de tu hermana.

—No te preocupes, siempre ocurre lo mismo.

Y diciendo esto, Laura regresó a palacio. Al llegar la hora de la comida, sonaron unos fuertes golpes en la puerta y una vocecilla que decía:

—Niña de cabellos de oro, cumple tu promesa de sentarme a tu mesa.

El rey, asombrado, preguntó quién reclamaba una promesa de su hija Lidia y la joven le contó lo que le había ocurrido con la pelotita y la rana. Sin dudar, el rey le obligó a cumplir su promesa.

Lidia, que a pesar de su arrogancia respetaba a su padre, hizo lo que el rey le ordenaba, así que la rana se encontró comiendo en la mesa real, en el mismo plato que la hija mayor, y sin darse por enterada del gesto de repugnancia que ponía la princesa.

Al terminar la comida se bajó de la mesa y, dando saltos, se fue por una ventana.

A la hora de cenar, ocurrió lo mismo. La rana llamó y, pese a las protestas de Lidia, el rey le obligó a cumplir su promesa.

Más tarde, cuando las princesas estaban metidas en la cama, los golpes en la puerta volvieron a oírse acompañando la vocecilla de la rana.

—Princesita de ojos azules, ábreme la puerta para que pueda dormir en tu cama de tules.

Y tras estas palabras la rana pegó un salto y se colocó sobre su almohada. Lidia, llena de rabia, agarró a la rana por una pata y la tiró por la ventana.

Pero Laura, horrorizada, bajó corriendo al jardín y se puso a buscar de rodillas a la rana que tan mal había tratado su hermana.

Sus lágrimas fueron a caer sobre el cuerpo retorcido y reseco de la rana que, de pronto, se puso derecho y lucido.

—Ten cuidado, niña, con tus lágrimas me vas a ahogar.

Al oír la voz de la rana, Laura se puso tan contenta que comenzó a reír, llenando la noche con la música de su risa. Y al ver que el animalito se erguía sobre sus dos patas, lo agarró entre sus manos y lo besó en la cabecita.

Y entonces, ¡oh, prodigio!, la rana empezó a estirarse, y a crecer, y a ponerse guapísima —mejor dicho, guapísimo— y a convertirse en el príncipe más bello que persona alguna hubiera imaginado jamás.

— Soy el príncipe Edelphinte, de los territorios del Norte, que al no querer casarme con la hija del hada maléfica Amhassa, me vi convertido en un batracio común y corriente. Sólo el beso de amor de una princesa podía devolverme a mi estado. Y… esa princesa has sido tú.

—Pero… yo soy la hermana pequeña. Y además, tú ya estabas enamorado de mi hermana Lidia desde el día que la viste por primera vez.

—Hay veces, mi querida Laura, que la luz del sol te ciega y no te deja ver los tesoros que hay alrededor. Tenemos que ir a hablar con tu padre, el rey.

Cuando oyó toda la historia, el rey se puso loco de contento al ver que un galante príncipe, por fin, había reconocido los valores de Laura.

Les dio permiso para que se casaran y al enlace acudieron reyes y reinas de todo el mundo. Y su hermana mayor, Lidia, fue la dama de honor.

La princesa que se convirtió en ratón

Jules Dorsay

Del autor y la obra

Jules Dorsay, periodista y editora del «The Working Farmer», publicó su primer libro en 1865, pero los relatos infantiles sólo salieron en su periódico hasta que se recogieron en antologías.

Tiempo de lectura   *9 minutos*
Edad recomendada   *8 años*

Este cuento sí que pasó en la antigüedad más antigua, tan antigua y remota que sólo existían dos países en toda la Tierra y en cada país únicamente había un castillo con su rey, su reina, sus príncipes y princesas, su corte y sus vasallos. Porque a pesar de ser sólo dos los países que se repartían el mundo conocido, se pasaban el día peleándose, metidos en batallas y a vueltas con la guerra.

Por otro lado, estaban las hadas, que iban y venían de una dimensión a otra como si fuera una cosa de lo más natural. Estas mágicas señoras también se dividían en dos reinos: el de las hadas buenas y el de las hadas malas.

Y quiso el destino que al rey de uno de los dos países, Marlanda, se le olvidara invitar a un hada mala llamada Eloína a la fiesta de aniversario de su hija cuando cumplía quince años.

Era una ocasión que se celebraba por todo lo alto, pero Eloína, que era perversa, le echó una maldición a la pobre muchacha.

—Me las vas a pagar —le advirtió al rey, hecha una furia—. Ahora, por no haberme invitado, voy a convertir a tu hija en ratón. Y se quedará así hasta el día que mi hermana Fortunata, que no ha sonreído ni una vez en su vida, decida reírse a carcajadas.

Así que, una mañana, la nodriza encontró en la cama de la princesa a un horrible ratón y, muy asustada, avisó al rey. Éste, comprendiendo lo ocurrido, ordenó que se vigilara al ratón y se le cuidara para que no le ocurriese nada malo.

A las pocas semanas estalló una guerra con el otro reino, Verlianda, y el rey tenía que ir al campo de batalla.

La muchacha convertida en ratón no dejaba de pedirle a su padre que le llevara a la guerra con él. E insistió con tanto fervor, que el padre acabó llevándosela con él.

Ya en el campo de batalla, de pronto, el aire se llenó de una dulce música que hizo callar los clamores que anunciaban el comienzo de la contienda. Los dos bandos de combatientes se detuvieron a escuchar y los soldados ya no deseaban pelear.

El príncipe de Verlianda salió galopando hacia donde estaba el rey de Marlanda.

—Majestad, ¿de dónde procede esa maravillosa música celestial? Ha impedido que mis soldados atacaran.

—Pues veréis, príncipe, resulta que es mi hija la que canta…

El rey señaló la cabeza del caballo, donde se encontraba el ratoncillo, y le contó al príncipe la terrible desgracia ocurrida.

Pero el príncipe, que estaba conmovido por la historia, le pidió la mano de su hija al rey.

La princesita convertida en ratón aceptó el compromiso y así terminó la guerra entre Marlanda y Verlianda.

Al poco tiempo, el rey de Verlianda salió una mañana de paseo, cayó de su corcel y quedó muy maltrecho. Entonces decidió abdicar en su hijo e irse a descansar. Sus consejeros lo convencieron de que no lo hiciera, pues el heredero no podría tener descendencia: ¡estaba casado con un gris y vulgar ratón!

Cuando el príncipe supo lo que su padre pensaba, muy apenado, le contó al ratoncillo lo ocurrido, pero éste le dijo:

—Confía en mí. Ve al corral y elige el gallo más bello, pide que cosan unas pequeñas riendas para él y me lo traes.

El príncipe obedeció y cuando estuvo preparado se lo llevó al ratón que, de un salto, montó sobre el lomo del gallo.

Cogió las riendas con las patas delanteras y salió corriendo, rumbo al castillo donde habitaba la bruja que le había convertido en ratón.

En el camino, se encontró con una zona atravesada por un charco profundo y lleno de lodo.

La princesa tiró en vano de las riendas y se cansó de gritar: «¡Arre! ¡Arre! ¡Adelante, gallo miedoso!», pero el gallo avanzaba dos pasos y luego retrocedía otros dos, así que el ratón se encontraba siempre en el mismo sitio y no había manera de que avanzara.

El espectáculo de tan extraña cabalgadura y de su airado jinete era tan extravagante y cómico, que cualquiera que lo contemplara no podría por menos que partirse de risa.

Una anciana asomada a una ventana de su castillo soltó una sonora carcajada que se oyó en cien leguas a la redonda. Su hermana llegó corriendo al oír los chillidos que emitía el gallo, las órdenes furiosas del ratón y las risotadas de la anciana. Entonces reconoció al ratoncito.

—Estás de suerte, jovencita. Has hecho reír a mi hermana Fortunata y nadie lo había conseguido jamás. El hechizo se ha roto y eres libre.

¡Que tus riendas se conviertan en una carroza de oro y tu gallo rojo en un magnífico corcel!

La princesa llegó al reino de su suegro y allí encontró a su esposo vestido con unas ropas muy pobres y montado en un vulgar caballo, dispuesto a dejar el palacio. Tardó mucho en reconocerla así, convertida en mujer, pero cuando se puso a cantar, su inconfundible voz la delató. Cantaba con tanta emoción y su voz era tan dulce, que todos los habitantes del palacio salieron a escucharla. También el rey se asomó y le pidió a sus criados que le acercaran hasta ella.

—Hija, jamás debí dudar de que un día el hechizo que te mantenía en forma de ratón desaparecería. Soy culpable de impaciente y yo, desde este momento, proclamo que no hay mujer en los mundos conocidos más digna de ocupar el trono de mi reino que tú. ¡Bendita sea tu descendencia!

Y esa misma noche, se celebró un banquete en honor a la alianza entre los dos reinos.

La piedra blanca

Jacob y Wilhem Grimm

Tiempo de lectura *11 minutos*
Edad recomendada *8 años*

Del autor y la obra

Sólo dos de los seis hermanos Grimm destacaron en el campo literario. Jacob, el mayor, se hizo responsable de los demás a los 23 años, cuando murieron sus padres dejándoles en la más absoluta pobreza.

En tiempos remotos, cuando todo prodigio era posible, existía un reino cuyas riquezas eran impresionantes.

Entre las legaciones del reino se encontraba la de un pequeño país llamado Taibello, donde vivía un joven llamado Piccolo, listo y ansioso por aprender.

A Piccolo le gustaba conocer la forma de vivir del pueblo llano y pasaba el tiempo libre en su compañía.

Lo primero que descubrió fue que las incontables riquezas de las que disponía el país eran sólo para el uso y disfrute del rey, de sus mandatarios y de los miembros de la aristocracia. Al pueblo llano no le daban nada.

Un día, el ayudante de cámara de su majestad le contó un secreto: había visto al monarca salir del despacho real con una ensaladera de plata llena de oro y piedras preciosas de incalculable valor.

Piccolo le pidió a su amigo que le dejara ver tamaño prodigio y una tarde, en un descuido de la escolta real, se colaron en el despacho. Lo que vieron fue asombroso: el monarca, de pie y de cara al armario, carraspeó con fuerza un par de veces y de su boca salió una piedra blanca que brillaba, la cogió entre sus manos, la frotó con energía y después dijo:

«Haz tu trabajo de todos los días. Hoy como ayer, mañana como hoy. Y si no lo haces, a partirte voy.»

Tras decir aquello, sacó el recipiente del armario y la echó dentro. El leve brillo de la piedra blanca se convirtió en un brillante chorro de luz y, cuando ésta se apagó, el recipiente estaba lleno de joyas valiosísimas y el rey se volvió a tragar la piedra.

Piccolo se envolvió la cabeza con un lienzo, salió tras el rey y le arreó un empujón que hizo que el tesoro cayera al suelo y que la piedra saliera expulsada de su interior. La cogió y con rapidez se la tragó.

Después de tragarse la piedra, Piccolo comenzó a oír un suave murmullo. ¡Eran los gorriones contándose cosas!

«Quizá pueda entender a los otros animales» —pensó el joven.

Y se fue corriendo hasta un estanque cercano donde encontró a tres peces enredados entre unas plantas acuáticas, luchando por liberarse. Apiadándose de ellos, logró rescatarlos y los animalitos se lo agradecieron:

—Recordaremos siempre que nos has salvado y algún día te recompensaremos.

A continuación, observó a unas hormigas que se quejaban de un obstáculo que les impedía avanzar, así que Piccolo levantó el pie y quitó la piedra:

—Gracias, amable joven –dijo la reina del hormiguero–. Lo recordaremos siempre y algún día te recompensaremos.

Y lo mismo le ocurrió con un par de cuervos a los que alimentó cuando no tenían nada que llevarse al pico.

—Te lo agradezco –le dijo uno de ellos–, y no dudes de que algún día te recompensaremos por ello.

Y andando, andando, llegó hasta una gran ciudad. En las calles encontró al pregonero que proclamaba que la hija del rey buscaba esposo. El valiente joven se dirigió a palacio a presentar su candidatura, y en cuanto vio a la hermosa princesa se enamoró de ella.

Entonces, el rey lo llevó a una playa y, ante sus ojos, lanzó al mar una sortija de oro.

—Si regresas a tierra sin la sortija, serás arrojado de nuevo al mar hasta que mueras entre las agitadas olas.

Piccolo pensaba cómo hacerlo cuando vio tres peces que nadaban hacia él; eran aquellos a quienes él había salvado la vida. Uno de ellos depositó en la arena una concha y, al abrirla, Piccolo encontró en ella la hermosa sortija.

Piccolo se llenó de alegría y fue corriendo al palacio para enseñársela al rey.

Al llegar, el rey quedó asombrado, pero la princesa, que era muy orgullosa, le pidió otra difícil prueba para probar su valentía.

Lo llevó al jardín y allí ordenó a unos sirvientes que desparramaran diez sacos de trigo entre la hierba, pidiéndole que antes del amanecer tendrían que estar llenos de nuevo.

Piccolo pasó la noche muy triste preguntándose cómo conseguiría cumplir la prueba. Pero con el primer rayo de sol, vio a su lado los diez sacos llenos de trigo. La reina de las hormigas había trabajado toda la noche, devolviéndole así el favor que un día él les hiciera.

Al verlo, la princesa quedó asombrada, pero le dijo:

—Deberás cumplir una tercera prueba: quiero una manzana del árbol de la vida.

Atónito y sin saber dónde dirigirse, Piccolo anduvo a través de tres reinos.

Una noche, se echó a dormir debajo de un árbol y cuando despertó vio que una manzana de oro colgaba sobre su cabeza y que había dos cuervos en sus rodillas, los mismos que él ayudó y que le devolvían el favor. Piccolo corrió hacia el reino a demostrar su valía y el rey les dio su bendición. Pero Piccolo quería arreglar antes algunas cosas: pidió audiencia con el primer ministro y allí se comprometió a sacar al pueblo de la pobreza.

El joven se encerró con un barreño en una habitación: carraspeó un par de veces y salió de su boca la piedra blanca a la que dijo las palabras mágicas. Un chorro de luz bañó la habitación y, tras él, una montaña de piedras preciosas llenó a rebosar el barreño.

Así, Piccolo fue coronado rey consorte de su esposa la princesa, y los dos partieron la manzana del árbol de la vida, la comieron y vivieron felices. Y el pueblo vivió sin pobreza.

La princesa cisne

Thomas Baile Arlington

Del autor y la obra

«The story of a bad boy», que Thomas Baile Arlington publicó en 1869, fue la precursora del universalmente conocido «Tom Sawyer», de Twain. Con Arlington comenzó el estilo costumbrista americano.

Tiempo de lectura *8 minutos*
Edad recomendada *8 años*

En uno de esos países que andan a medio camino entre la tercera y la cuarta dimensión, vivía un duque que tenía un único hijo. Pero el duque tenía un gran defecto: adoraba la guerra y siempre andaba batallando contra un reino u otro. La verdad es que solía ganar casi siempre, pero de vez en cuando perdía alguna batalla y entonces su rabia se encendía.

Esta historia no existiría si este rey no acabara de perder una encarnizada batalla con el rey de una isla cercana, quien, además de ganarle, le puso un castigo tremendo y lo dejó en ridículo por meterse a guerrear y no salir victorioso: le ordenó que le llevara el barco más grande de toda su flota cargado con la cantidad de oro equivalente a tres veces su peso.

Para hacer la entrega, envió a su único hijo, que acababa de cumplir veinte años, quien se hizo a la mar con todas las velas izadas.

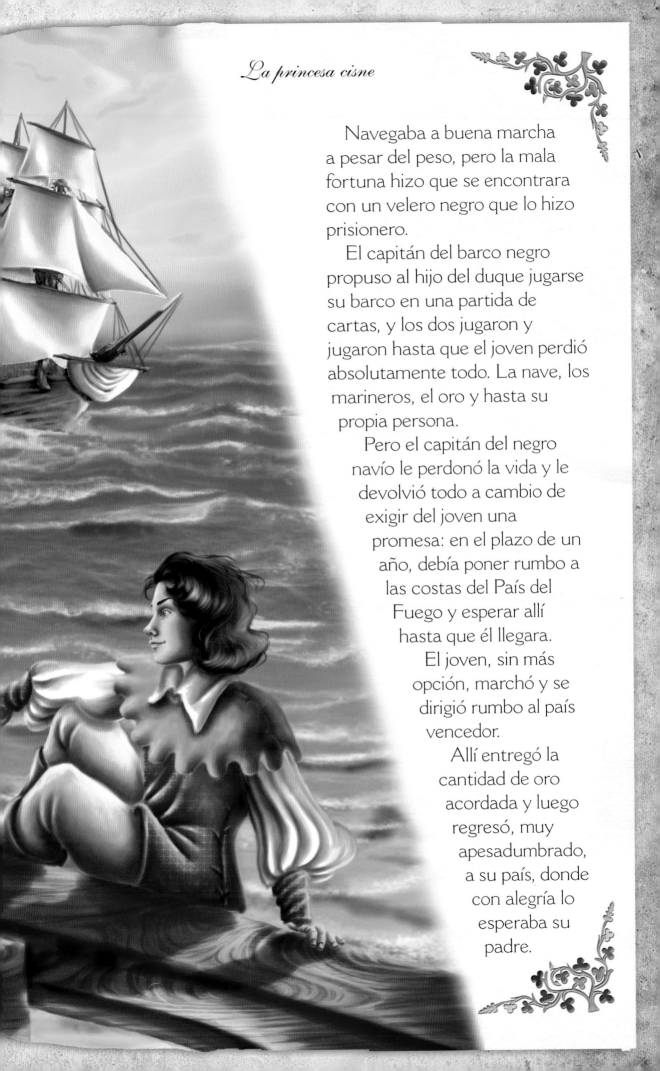

Navegaba a buena marcha a pesar del peso, pero la mala fortuna hizo que se encontrara con un velero negro que lo hizo prisionero.

El capitán del barco negro propuso al hijo del duque jugarse su barco en una partida de cartas, y los dos jugaron y jugaron hasta que el joven perdió absolutamente todo. La nave, los marineros, el oro y hasta su propia persona.

Pero el capitán del negro navío le perdonó la vida y le devolvió todo a cambio de exigir del joven una promesa: en el plazo de un año, debía poner rumbo a las costas del País del Fuego y esperar allí hasta que él llegara.

El joven, sin más opción, marchó y se dirigió rumbo al país vencedor.

Allí entregó la cantidad de oro acordada y luego regresó, muy apesadumbrado, a su país, donde con alegría lo esperaba su padre.

El muchacho estaba muy triste, hasta que un día le contó a su padre lo ocurrido. Pidieron ayuda a un sabio del bosque, que le dio el consejo adecuado:

—Su hijo ha de hacerse de nuevo a la mar hasta llegar a la isla donde viven las tres princesas cisne. Oculto, deberá observar a las maravillosas aves y, si consigue quitarle a una de ellas el vestido de cisne que lleva mientras se baña, la princesa dueña del vestido cumplirá todos sus deseos.

El hijo del duque siguió el consejo y fue hasta la isla mágica de los cisnes.

Cuando las princesas se disponían a darse un baño, el joven las encontró y corrió a coger uno de aquellos delicados vestidos de plumas.

Al instante, la princesa más joven y más bella de todas nadó hacia él para preguntarle qué era lo que deseaba. Él solicitó su ayuda y, enamorado de su belleza, le pidió su amor. La princesa cisne se lo prometió y le entregó una vara de oro, diciéndole:

—Si azotas rápidamente el agua del mar con esta varita que te entrego, podrás llegar a las costas del País del Fuego a tiempo para tu cita con el capitán.

Así lo hizo el joven y llegó a su destino con gran rapidez. Allí le estaba esperando el horrible capitán del velero negro, que lo llevó hasta su casa, donde colgaban quince jaulas doradas con quince cabezas cortadas dentro.

El terrible capitán, señalando las jaulas, le dijo:

«Para que no te ocurra como a ellos, deberás pasar unas pruebas. Primero: tienes que talar todo un bosque con hachas de cristal. Mañana temprano tendrás que haber acabado la tarea.»

El joven llegó al inmenso bosque y encontró un montón de hachas de un cristal finísimo a su disposición. Al dar el primer golpe, el hacha se hizo añicos y el muchacho comenzó a inquietarse.

De pronto, notó que una mano muy suave se posaba sobre su hombro, se giró y vio entonces a su bellísima y sonriente princesa cisne que, con gran cariño, le regañó por haberla olvidado en un momento de apuro. Le dijo que se acostara y durmiera mientras ella se ocupaba de aquella tarea. Él se acostó sobre el suelo y se quedó dormido.

Cuando despertó, todo el bosque había sido talado…

pero la bella y bondadosa princesa cisne ya no estaba.

Sorprendido, el capitán le encargó una segunda tarea: «Tienes que plantar en una tosca montaña un viñedo. Mañana por la mañana quiero ir de vendimia.»

El joven no se olvidó esta vez de su poderosa amiga, así que, cuando estuvo en la montaña llamó a su princesa cisne en un susurro y, como la noche anterior, el joven se acostó. Cuando se despertó todo el trabajo estaba hecho.

El horrible capitán enfureció al ver que hasta

las uvas estaban maduras, pero no se dio por vencido: «Ahora construirás un barco con unos pliegos de papel que hallarás en el cobertizo de mi casa, y embarcarás en él para buscar este anillo. Tienes tres días.»

Y, hecho una fiera, se quitó una alianza de oro que llevaba en el dedo índice y la lanzó al mar con toda su fuerza.

El joven, muy apesadumbrado, se embarcó con el frágil barco de papel. Estaba desesperado cuando apareció su salvadora y le dijo:

—Amado mío, tienes que separar mi cabeza de mi cuerpo, eso será lo único que nos podrá ayudar.

El joven temblaba, ¡prefería que le cortara el capitán la cabeza a él antes que hacerlo él a su dulce amada!

Pero insistió tanto que lo hizo y, cuando la cabeza rodaba por el suelo del barco, tres gotas de sangre cayeron al mar y el anillo de oro apareció en la superficie. ¡Y también apareció la princesa cisne, más hermosa que nunca, que salió de las aguas para abrazar a su prometido!

—¡Un hechizo me tenía convertida en cisne mágico! —dijo feliz la joven.

Ven conmigo al reino de mi padre, donde celebraremos nuestros esponsales.

Antes, los dos jóvenes fueron a entregar el anillo al temible capitán y se marcharon felices.

¿Y sabéis cuál era el reino de la joven belleza? Pues su padre era el rey de la isla contra la que el padre del valiente joven había guerreado y al que había tenido que enviar el oro.

El duque y el rey se reconciliaron y los hijos de ambos disfrutaron para siempre de las bondades de aquellos reinos de la fantasía.

La orgullosa reina Minna

Tradicional escandinavo

Tiempo de lectura *11 minutos*
Edad recomendada *9 años*

Del autor y la obra

Los países escandinavos tienen una riquísima mitología ancestral de seres mágicos que pueblan sus bosques y que llenan sus cuentos populares, influidos también por el clima frío y sus paisajes invernales.

Érase una vez cierto país septentrional de la más arcaica antigüedad en el que vivía un rey anciano, muy amado por todos sus súbditos. Tenía este rey una hija, la princesa Minna, más hermosa que las rosas de otoño, pero antipática y orgullosa. El rey se atormentaba pensando que, siendo Minna su única hija y estando él próximo a la muerte, en qué situación quedaría el reino gobernado por semejante cóctel de antipatía, vanidad y descortesía. Y no es que el rey no quisiera a su hija; es que era un hombre sabio y ponderado, y sabía muy bien el carácter que tenía su única heredera.

El rey murió y pasado el tiempo de luto Minna fue coronada reina. Desde las comarcas más remotas, la gente se espantaba al saber el carácter de su nueva reina y temían cómo gobernaría.

Antes de que Minna subiera al trono, el clima de su país era más suave, pero el frío de su orgulloso corazón se había propagado de tal forma por todos los rincones del reino, que hasta los días de verano se volvían tristes, oscuros y tempestuosos.

Sólo lucía el sol en las ocasiones en que llegaban los pretendientes a pedir su mano, atraídos por la fama de su hermosura. Entonces, todos los vasallos de Minna intentaban convencerla de que eran esos príncipes de los países del sol, los que traían a su oscuro reino la refulgente luz y la agradable sensación de calor.

Pero los caballeros, que llegaban alegres en las mañanas de sol cargados de regalos, regresaban a sus tierras desengañados por culpa del carácter desabrido y dominante de la reina, que siempre los rechazaba y le parecían poco para ella. Y cuando marchaban a sus tierras, dejaban el reino de Minna cada vez más tenebroso y desapacible.

Pero una mañana salió el sol. Bajo su cálida luz, la vida animó de nuevo el reino de Minna, sacándolo de su sueño invernal.

El sol, las flores abiertas y el canto de los pájaros eran para ellos un alegre presagio.

Al mismo tiempo, temían el desengaño. Porque, si bien todo indicaba que un nuevo pretendiente estaba a punto de presentarse, ¿lo aceptaría la orgullosa reina?

Pero la más impaciente parecía Minna que, subida a la torre más alta, divisaba desde allí, todavía a mucha distancia, a un gallardo jinete que se encaminaba al castillo. Corrió al salón del trono y, rodeada de su corte, aguardó la llegada del visitante.

Pero quien dobló la rodilla ante las gradas del trono no fue un rey, ni un príncipe, ni siquiera un duque, sino un sencillo pastor gallardo y encantador.

Los cortesanos torcieron el gesto y la reina se quedó muy confusa, sin saber qué decir; por una parte, porque la belleza del pastor la había dejado paralizada y, por otra, porque ¿qué demonios se había creído un joven del campo atreviéndose a ir al palacio?

La reina permaneció unos momentos azorada sin saber qué decir hasta que por fin el humilde pastor se atrevió a romper el silencio.

—Hermosa reina, mientras apacentaba mi rebaño encontré entre las matas un anillo tan precioso que, por la fama que ha llegado hasta mí de tu belleza, pensé que sólo tú eras digna de llevarlo. Toma la joya, aquí la tienes —y puso en las manos de Minna un anillo tan hermoso como jamás había contemplado la reina.

Ansiosa por poseerlo, Minna ofreció al pastor una suma considerable de dinero y, ante las reiteradas negativas, el joven le explicó que no deseaba dinero, sino sólo el honor de ponerlo en su delicado dedo.

Minna montó en cólera y roja de ira se dirigió al pastor:

—¿Cómo te atreves, villano, a lo que muchos príncipes no han osado? Has de saber que sólo puede tocar mi mano aquel por cuyas venas corra sangre real. ¡Apártate de mi vista con tu horrible sortija!

El pastor, sin perder ni un ápice de su gallardía, salió del salón del trono rodeado del desprecio y la frialdad de la reina. Y así, regresaron los negros nubarrones y los grandes copos de nieve, que comenzaron a cubrir la región, donde volvió a reinar el intenso frío.

Una mañana, sus súbditos se presentaron ante ella y le comunicaron su decisión de emigrar hacia climas más cálidos. La vida allí era muy dura a causa del hielo.

Además, le suplicaron e intentaron convencerla de que se marchara con ellos en busca del sol y calor.

Pero la reina se negó a acompañarlos, y se quedó con su corte y la servidumbre del castillo. Allí seguiría siendo reina, mientras que en otro país no pasaría de ser una hermosa mujer más y aquello, su fuerte orgullo no lo toleraba.

Luego subió a la torre más alta de su castillo y allí, muerta de frío, se quedó hasta ver desaparecer en la distancia al último de sus fieles vasallos.

Minna quedó sola con su orgullo, que le hacía repetir mientras le castañeteaban los dientes:

—Estoy sola, no tengo apenas nada que comer y estoy aterida de frío, pero soy reina todavía.

Se metió en su cama de dosel con cinco edredones encima procurando dormir, pero el frío, la soledad, el gemido del viento y el ruido sordo de los bloques de hielo la mantuvieron despierta muchas horas.

Finalmente, el cansancio pudo más y Minna, cayendo en un profundo letargo, tuvo un sueño.

La orgullosa reina Minna

Se encontraba en uno de aquellos países del Sur, donde el príncipe Ivar, heredero del reino, locamente enamorado de ella, fue a pedirle al rey el consentimiento para casarse.

—Está bien, hijo –le contestó–, te doy mi permiso. Pero antes quiero que hagáis juntos un viaje por mis tierras para que conozcáis a todos los súbditos y el país que algún día habréis de gobernar.

Así que el príncipe Ivar y la reina Minna realizaron un largo viaje por todos los lugares del reino y en todos ellos fueron recibidos y agasajados con gran calor.

—Estamos admirados por el amor que todos tienen a su rey y la hermosura del país –le dijeron al rey a su regreso.

El rey les explicó que él también amaba a sus súbditos, y que noche y día pensaba en sus necesidades, procurando que fueran felices.

La reina Minna despertó en ese momento y se halló sola, en la oscuridad de la noche invernal. En el castillo reinaba el silencio más absoluto. Sólo se escuchaba el soplido del viento y el crujido de los fríos témpanos al caer.

Pero las palabras del anciano y sabio rey del Sur que había visto en su sueño resonaban aún en sus oídos.

Entonces reconoció que todos sus males y los de sus súbditos se debían a su terquedad y a su orgullo, y comenzó a llorar como una plañidera.

Mientras la reina lloraba, ocurrió algo milagroso: el disco del sol comenzó a asomar por el horizonte y, a sus primeros y refulgentes cálidos rayos, Minna vio al pastor postrado ante ella, con el hermoso anillo en la palma de su mano.

La reina Minna había dormido los seis meses de la noche invernal sin

que en ese tiempo se hubiera separado de ella el humilde y gallardo pastor.

En ese momento, el orgullo de la reina se desvaneció con el sueño y emocionada le dijo:

—Llévame contigo, dulce pastor, y apacentaremos juntos tu rebaño –pidió la reina arrepentida.

El pastor, lleno de felicidad, puso la sortija en el dedo de Minna y besó su delicada mano.

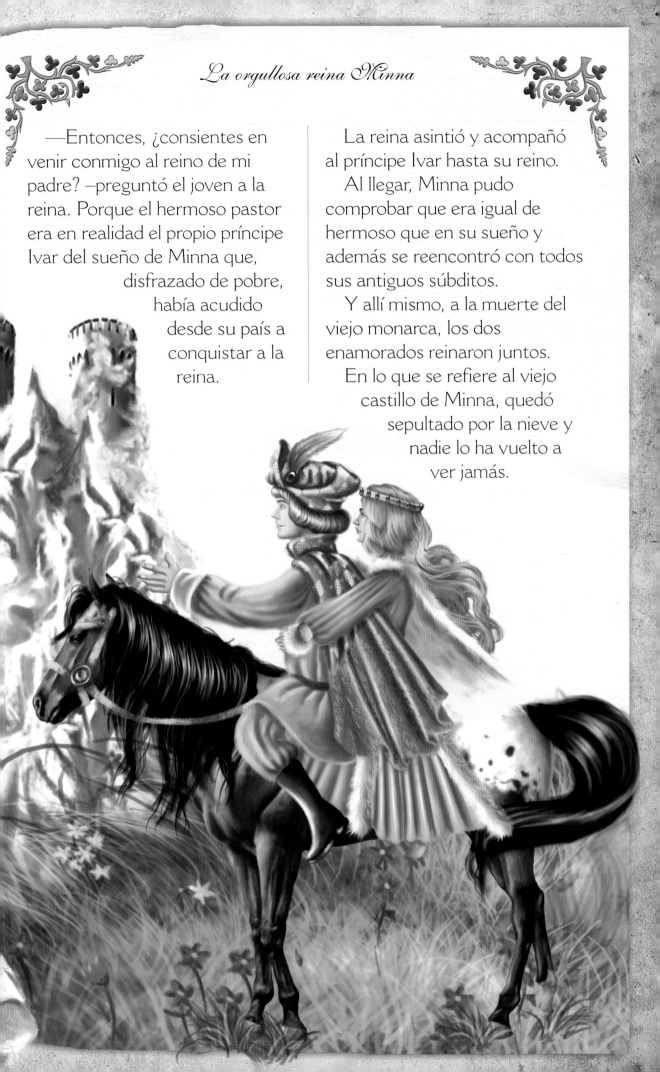

—Entonces, ¿consientes en venir conmigo al reino de mi padre? —preguntó el joven a la reina. Porque el hermoso pastor era en realidad el propio príncipe Ivar del sueño de Minna que, disfrazado de pobre, había acudido desde su país a conquistar a la reina.

La reina asintió y acompañó al príncipe Ivar hasta su reino.

Al llegar, Minna pudo comprobar que era igual de hermoso que en su sueño y además se reencontró con todos sus antiguos súbditos.

Y allí mismo, a la muerte del viejo monarca, los dos enamorados reinaron juntos.

En lo que se refiere al viejo castillo de Minna, quedó sepultado por la nieve y nadie lo ha vuelto a ver jamás.

La princesa de la montaña de cristal

Jörgen E. Moe y Peter C. Asbjörnsen

Del autor y la obra

Jörgen E. Moe y Peter C. Asbjörnsen, escritores noruegos del siglo XIX, recopilaron en colaboración cuentos y leyendas populares de su país y se les considera «los hermanos Grimm» escandinavos.

Tiempo de lectura *9 minutos*
Edad recomendada *7 años*

Hace mucho tiempo, vivía un terrateniente que tenía muchísimas posesiones, y de entre todas ellas su preferida era un prado grande y hermoso cuya hierba parecía terciopelo de seda. En el centro del prado se encontraba un pajar, tan lindo como no había otro en el ancho mundo, que servía para guardar el heno. Una mañana, se encontró con que la hierba estaba comida hasta la raíz, como si un rebaño de cabras hubiera pastado sobre ella. El hombre llamó a sus tres hijos y les comunicó que uno de ellos debía pasar la noche siguiente en el pajar, para evitar que siguieran comiéndose la hierba.

El mayor se dispuso a ir.

—Yo vigilaré el prado –dijo–. Tras decir estas palabras se fue al pajar y se tumbó sobre el heno, donde se quedó más dormido que un lirón.

Cuando las campanas cantaban a lo lejos la medianoche, se produjo tal estruendo que temblaron el suelo, las paredes y el techo. El chico se asustó tanto que se levantó de un salto y salió corriendo hacia su casa.

A la mañana siguiente, casi la mitad de la hierba del prado había sido roída otra vez hasta la raíz. Entonces, el hijo mediano se ofreció para ir a vigilar a la noche siguiente y fue al pajar, se tumbó sobre el heno y, cuando las campanas dieron la medianoche, ocurrió lo mismo que el día anterior. El muchacho, preso de terror, salió corriendo a gran velocidad.

A la tarde siguiente, le tocó el turno a Romualdo, el menor de los hijos, despistado y fantasioso.

Al irse, sus dos hermanos se burlaron de él.

Sin embargo, Romualdo entró en el pajar, lo vió confortable y, acompañado de varios animales, se tumbó sobre el heno y meditó sobre el mundo mágico de su cabeza.

Al pasar una hora, un terremoto lo mandó rodando fuera del pajar.

Cuando terminó el estruendo oyó un ruido parecido al de un caballo masticando.

Sorprendido, vio a un animal grande y brioso como no había visto jamás, pero lo más increíble es que sobre su lomo descansaban una silla de montar, unas riendas y una armadura de caballero, toda de cobre. El joven montó al caballo y cabalgó hacia un sitio que sólo él conocía, donde lo dejó atado y con comida.

Cuando regresó, sus hermanos, que no lo creían, fueron al prado y comprobaron que la hierba crecía maravillosamente.

La noche siguiente, Romualdo volvió a vigilar el prado y sucedió lo mismo. Pero el caballo que llegó esta vez, era mucho más grande que el primero y sobre su lomo había también una silla, unas riendas y una armadura de caballero, pero toda de plata, como la luna. Montando a su grupa lo llevó al mismo sitio en el que había dejado al otro corcel.

Al tercer día, Romualdo presenció la misma escena, pero esta vez, el caballo vestía todo de oro, como el mismo sol.

Pocos días después, el rey del país anunció que ofrecía a su hija en matrimonio a aquel que consiguiera llegar a caballo hasta la cima de una montaña de cristal muy resbaladiza. En lo alto del todo estaría sentada la princesa con tres manzanas de oro, y el caballero que pudiera llegar hasta ella y coger las tres manzanas, la desposaría y recibiría la mitad del reino.

Los pretendientes llegaron de todos los confines del mundo. Los hermanos de Romualdo también acudieron pero sin su hermano, aunque éste decidió ir solo.

Ninguno de los participantes pudo avanzar ni siquiera un par de metros,

hasta que llegó un caballero montado en un corcel muy hermoso que llevaba una armadura, una silla y sus riendas de cobre.

Cabalgó cuesta arriba hasta que llegó a la tercera parte de la montaña y, dando media vuelta, comenzó a descender.

La princesa, enamorada del valiente jinete, le tiró una de las manzanas de oro. El caballero la tomó y velozmente desapareció de la vista de todos.

Cuando por la noche el rey reunió a todos los caballeros, curiosamente ninguno tenía la manzana de oro de la princesa.

Al día siguiente continuó la prueba y sucedió lo mismo que el día anterior.

Pero esta vez apareció un caballero con un corcel que llevaba una armadura, su silla y sus riendas de la plata más brillante. Se fue derecho hacia la montaña de cristal y, cuando llegó a la mitad, se dio media vuelta.

La princesa, que deseaba que pudiera llegar a ella, al ver que se iba, le tiró la segunda manzana de oro, que el caballero recogió.

Por la noche, al reunirse el rey con los participantes, de nuevo descubrió que ninguno de ellos tenía la manzana.

¿Dónde se metían aquellos grandes jinetes? Ninguno en la corte comprendía el misterioso suceso.

Al tercer día, todo sucedió igual. Tras un buen rato de espera, llegó un caballero montado en un espléndido corcel todo lleno de oro.

Se fue directamente a la montaña de cristal y galopó cuesta arriba. Se colocó delante de la princesa y, cogiendo la tercera manzana que ésta le tiró, galopó desapareciendo en la distancia.

Toda la ciudad hablaba de los misteriosos caballeros que más tarde descubrirían que eran uno solo.

Así que la corte reunió a todos los habitantes del país para encontrar a los dueños de las manzanas de oro.

Tras hablar con todos los participantes, apareció el joven Romualdo, que sacó las tres manzanas de su bolsillo y enseñó la armadura de oro, para sorpresa de sus hermanos. Todos se dieron cuenta de que los tres caballeros no eran sino el mismo Romualdo.

Y así fue como el valiente Romualdo se casó con la hija del rey y heredó el reino.

El silbato prodigioso

Hans Christian Andersen

Del autor y la obra

Aunque su familia era muy pobre, Hans Christian Andersen siempre tuvo la ilusión de ser un escritor famoso. A los 17 años, Jonas Collin, director del Teatro Real de Copenhague, lo acogió bajo su protección.

Tiempo de lectura *10 minutos*
Edad recomendada *9 años*

En ese tiempo en el que las brujas paseaban por los caminos como si tal cosa, un soldado volvía de la guerra a descansar a su casa.

Iba por el campo cuando le salió al paso una bruja que se ofreció a darle las indicaciones para encontrar un tesoro. Le señaló un árbol y le dijo que trepara hasta la copa y se colara por un agujero que allí se encontraba. Antes, ella le ataría una cuerda a la cintura para poder izarle cuando quisiera salir.

Según la bruja, en el fondo del árbol había un pasillo iluminado. En él, encontraría tres puertas que podría abrir porque tenían las llaves en las cerraduras.

Si entraba en la primera habitación, encontraría un perro de gran fiereza. El perro se encontraba subido en una caja de hierro a la que podría acceder gracias a una capa mágica que ella le proporcionaría. Con esta capa podría abrir la caja y tomar las monedas de cobre que deseara.

Pero la bruja continuó:

«Si te gusta más la plata, tendrás que entrar en la segunda habitación. Allí, sobre el cofre está sentado otro perro peor que el primero. Éste es aún más fiero pero tú, tranquilo. Lo pones encima de la capa y luego agarra la plata que quieras.

Ahora que si prefieres un tesoro de oro, entra en la tercera habitación. Te comunico que el perro que está allí es como para que no des crédito, muchacho. Tiene los ojos como los del mismo demonio y es todavía más fiero que el anterior. Pero tú ya sabes, sin miedo.

Lo pones encima la capa y sin pensar en nada más, toma todo el oro que en tus bolsillos puedas llevar.

¿Lo has entendido, jovencito? Yo lo único que quiero que me traigas, a cambio de este favor, es un simple silbato que mi abuela se dejó la última vez que entró allí.»

El soldado se coló en el árbol y abrió la puerta de la primera habitación. Vio al perro sentado encima de la caja, escudriñándole. Y siguiendo los pasos que le había dictado la bruja, consiguió abrir la caja y llenarse todos los bolsillos de monedas de cobre.

Así, se fue paseando por las dos habitaciones restantes, tal y como le había indicado la astuta hechicera.

En la última, al ver tanto oro, el joven codicioso se deshizo de las monedas de cobre y plata que había tomado antes para poder guardarse éstas, pues ya no tenía espacio en sus bolsillos.

Cuando se disponía a salir, recordó el silbato que le había pedido la bruja y lo buscó rápidamente.

Cuando lo encontró, la bruja lo subió hasta la copa del árbol, como habían acordado.

Una vez arriba, el joven estaba muy intrigado por el misterioso silbato y le preguntó. Pero la bruja, que era inteligente y muy avara, se negó a desvelarle el secreto.

Por su parte, el joven, que también era muy astuto, en un descuido se lo arrebató de las manos y salió corriendo rápidamente con sus trofeos hacia la ciudad.

Al llegar, se alojó en la mejor posada y acudió a un afamado sastre para renovar su vestuario con las más elegantes telas. Su propósito era convertirse en un caballero.

Pronto llegó a sus oídos la belleza incomparable de la princesa que vivía en lo alto de un castillo de bronce. Se encontraba allí porque habían predicho que un día se casaría con un simple soldado, y el rey trataba de evitarlo.

Mientras el joven soldado soñaba con conocer a la princesa, gastó toda su fortuna hasta tener sólo dos monedas.

Pero recordó el silbato de la bruja y probó a dar un silbido. Al instante, apareció el primer perro que estaba en el árbol.

—Gran señor, ¿qué ordenáis?

—¡Qué portento! Tráeme dinero fácil en poco tiempo.

Y al poco, volvió con un gran saco de monedas de cobre.

Y el joven, que era muy inteligente, pensó: «Si pito una vez se presenta el perro de las monedas de cobre; si pito dos, el de las de plata y, si pito tres, el guardián del oro.»

Y así, gracias al silbato, recuperó de nuevo su fortuna y su lujosa vida. Pero le faltaba algo para sentirse feliz plenamente: deseaba conocer a la princesa.

Tocó el silbato y, ¡zas!, llegó el primer perro, al que pidió que le trajera a la princesa.

En poco tiempo, el perro volvió con ella recostada sobre su lomo. Y el joven, sin contener sus impulsos, la abrazó antes de que se fuera.

A la mañana siguiente, sentada en la mesa a la hora del desayuno, la princesa les contó a sus padres, con toda ingenuidad, el sueño que había tenido esa noche. Estaba muy extrañada, pues le parecía como si todo hubiera sido real.

Pero el rey, desconfiado de que no fuera sólo un sueño, tuvo una idea: ordenó hacer un precioso bolso con un agujerito en el fondo y se lo puso a la princesa en la espalda lleno de trigo. Así, el reguero de granos que iría cayendo señalaría el camino recorrido por la princesa.

Esa misma noche, el perro volvió de nuevo y se llevó a la joven princesa a casa del soldado.

Una vez allí, los dos enamorados hicieron planes de boda juntos, hasta que al llegar la hora prevista, antes del amanecer, el perro volvió a llevársela de vuelta a su castillo de bronce.

Pero el plan del rey funcionó y a la mañana siguiente el soldado fue a parar con sus huesos al calabozo.

Y lo peor de todo, que el rey, celoso de la seguridad de su hija, decidió ¡condenarlo a la horca!

Cuando llegó el momento definitivo, el soldado pidió permiso para hablar.

—Majestades, tengo el último deseo de tocar mi silbato.

El rey no tuvo inconveniente en complacer la petición tan tonta del soldado. Pero en cuanto éste tocó el pito aparecieron de repente ante él los tres gigantescos perros, que se lanzaron sobre los jueces y el Consejo.

Asustados, el rey y la reina huyeron despavoridos.

Los perros colocaron al soldado en la

carroza real, mientras el pueblo lo vitoreaba y los soldados se cuadraban.

Esa noche la princesa se casó con el soldado y reinaron muchos años, junto a los tres perros que siempre protegieron su aventurero amor.

Al este del Sol y al oeste de la Luna

Jörgen E. Moe y Peter C. Asbjörnsen

Tiempo de lectura *11 minutos*
Edad recomendada *9 años*

Del autor y la obra

Jörgen E. Moe fue teólogo y obispo de Kristian-Sand. Junto con Peter C. Asbjörnsen recopiló cuentos y publicó en solitario antologías de canciones populares y libros de poesía.

En aquellos tiempos remotos de las maravillas y los misterios, existía una familia muy pobre que vivía en el bosque.

Un día, mientras el padre estaba cortando leña, se presentó un agradable y enorme Oso Blanco que le dijo:

—Soy el Oso Blanco de las nieves eternas. Confía en mí y si me das a tu hija os colmaré de riquezas y a ella no le pasará nada malo.

Durante aquella noche estuvieron convenciendo a Griselda, que así se llamaba, y al final aceptó el ofrecimiento del Oso Blanco.

Al amanecer, Griselda se despidió de su familia. Oso Blanco le estaba esperando inpaciente y deseoso por sorprenderla.

Griselda montó a lomos de Oso Blanco y recorrieron un largo camino, hasta que apareció ante sus ojos maravillados el palacio más bonito que hubiera podido soñar. Tenía muchas habitaciones adornadas con muebles de maderas preciosas y colgaduras de seda, y en una de ellas había una mesa llena de manjares de los que comió antes de acostarse.

Pronto se quedó dormida pero, entre sueños, le pareció que Oso Blanco abría la puerta, entraba en el dormitorio y se tumbaba en el suelo, al lado de su cama.

Pasaron muchos meses y Griselda tenía todo lo que pudiera desear. ¡Todo era fantástico!

Pero, día tras día, Griselda empezó a ponerse triste y le pidió a Oso Blanco que le dejara visitar a su familia. Oso Blanco aceptó su petición a cambio de que no hablara con su madre a solas, pues ella le haría preguntas que provocarían en él una gran desgracia. Griselda se comprometió y, al llegar a su casa encontró, en lugar de la humilde choza, una magnífica casa de piedra.

Durante el día, Griselda intentaba no quedarse a solas con su madre, pero al segundo día ésta fue a buscarla a su habitación y, sentándose sobre la cama de su hija, comenzó a preguntarle.

La madre insistió tanto que Griselda le contó que Oso Blanco se portaba muy bien con ella y le daba todas las atenciones, pero que entraba por las noches en su dormitorio y se echaba en el suelo a dormir, al lado de su cama, y desaparecía al amanecer.

Entonces, la madre le aconsejó:

—Para descubrir lo que ocurre, toma este cabo de vela y cuando notes que está durmiendo, lo enciendes y le echas una buena ojeada; así descubrirás qué ocurre.

Cuando regresó al palacio, Oso Blanco estaba muy contento de tenerla a su lado de nuevo y preparó todo tal y como había hecho en los días anteriores. Griselda cenó exquisitos manjares y se fue a su lujoso dormitorio a descansar, después del largo viaje.

Por la noche, cuando ella estuvo segura de que Oso Blanco dormía, encendió la vela y, a su débil resplandor, pudo distinguir a un hermoso príncipe. Griselda ardió de amor por él y se arrodilló para besarlo. Pero al inclinarse hacia él, tres gotas calientes de cera de la vela cayeron en la camisa del príncipe y éste despertó.

El joven le contó la historia: su madrasta le había hecho un conjuro por no casarse con su hija. Su apariencia de oso le tenía atrapado y sólo podía librarse de ella por la noche, cuando nadie lo veía.

Al día siguiente, cuando Griselda despertó, Oso Blanco había partido hacia el castillo que estaba al este del Sol y al oeste de la Luna.

La muchacha salió en su busca y se encontró con una ancianita. Le preguntó si sabía donde estaba el castillo de la malvada bruja y ésta le dijo que acudiese a una prima suya. Antes, le regaló una manzana de oro.

Comenzó a andar cuando, de pronto, vio a una abuelita subida en un montón de heno. Ella le recomendó que fuera a ver al Viento del este. Y antes de partir, le ofreció su peine de oro.

Cuando encontró al Viento del este tampoco tuvo suerte, pero éste le llevó a que viera al Viento del oeste. Y el Viento del oeste le llevó a ver al Viento del sur y el del sur al Viento del norte... y por fin, pudo divisar el castillo.

Griselda pensaba cómo iba a entrar mientras jugaba con su manzana de oro. De pronto, por una ventana asomó una joven morena de rostro perverso que le pidió con avaricia la manzana. La muchacha prometió dársela si le conseguía una visita con el príncipe. La malvada accedió y le citó a las diez en el castillo.

A esa hora, Griselda entró en los aposentos del joven y se lo encontró durmiendo, ya que la malvada mujer morena le había dado una maléfica poción de adormideras. Pero un anciano, apiadándose de la joven, alertó durante el día al príncipe, que esa noche se deshizo del maldito zumo.

Al día siguiente, Griselda volvió a intentarlo entregando a la fea mujer el peine de oro. De nuevo, le concedió una visita.

Cuando la joven entró en los aposentos de su amado, lo encontró despierto y éste le propuso un plan para anular su boda con la hija de la madrastra:

—Pediré a mi madrastra que su hija lave las tres manchas de cera que tú dejaste caer sobre mi camisa. Yo sé que sólo quien haya nacido de seres humanos puede quitarlas. Si lo consigue, me casaré con ella.

Pero cuanto más lavaban las dos malvadas, más se extendían las manchas.

Al ver que les era imposible, el joven le ofreció la camisa a Griselda, que la dejó blanca como la nieve.

Despechadas y enfurecidas, las dos brujas salieron volando por el balcón, llevándose todos sus maleficios. Así, los dos enamorados se casaron en el castillo situado al este del Sol y al oeste de la Luna, que ahora es un precioso palacio.

La princesa que murió de amor

Tradicional mexicano

Del autor y la obra

Esta leyenda mexicana explica el origen de los dos volcanes más altos del país: el Popocatépetl y el Iztaccíhuatl (llamado también «mujer dormida», nombre que recibe por su sugerente silueta). A sus pies, los antiguos aztecas ofrecían sacrificios a los dioses.

Tiempo de lectura *8 minutos*
Edad recomendada *9 años*

Hace muchos, muchísimos años, cuando la Serpiente Emplumada volaba por los cielos y Espejo Roto era la fuente de la vida y de la tempestad, en un valle de México, en un lugar llamado «El lugar de las frutas», vivía un gran pueblo, sabio pero también guerrero implacable, ya que tenía que defenderse de las tribus que amenazaban con arrebatarle sus riquezas.

El rey que en aquellos tiempos gobernaba el país tenía una hija que era su mayor tesoro. Todos la pretendían, pero la princesa, de nombre Iztaccíhuatl, ya había entregado su corazón a Popocatépetl, el más valiente de los capitanes del ejército del rey.

Sin embargo, una princesa real no podía elegir con quién contraer matrimonio. Su obligación era desposarse con el guerrero que más victorias consiguiera.

Un día el sonido de los silbatos y las caracolas despertaron al pueblo. Las tribus rebeldes se acercaban al reino «El lugar de las frutas».

Por orden del rey, el capitán más joven encabezó el ejército defensor, pero antes de salir, en secreto, fue a ver a su amada.

La encontró en una sala del palacio a la que llamaban «La casa de las plumas» porque estaba decorada con plumas de un pequeño y hermoso pájaro llamado Azulejo, entretejidas en una especie de tapiz.

Popocatépetl le comunicó a su amada que debía partir para vencer a los rebeldes y así conquistar su amor y su consentimiento.

La bella y enamorada princesa no tuvo más remedio que aceptar su marcha:

«Amor mío, ve, vence y vuelve vivo, porque mi corazón se va contigo, y si algo malo te pasase te aseguro que se rompería en mil pedazos.»

El joven enamorado se despidió de su amada y marchó al frente.

Al poco tiempo de haber marchado a los terrenos de batalla, llegaron noticias de lo que iba ocurriendo. Unas veces los mensajeros hablaban de infortunios en que los aztecas perdían hombres y armas. Otras, traían la buena nueva de que el enemigo huía bajo el poderío sublime de los ejércitos aztecas.

La bella princesa esperaba impaciente el regreso de su amado y contaba los días y las horas para que llegara tan dichoso momento.

Pasaron muchas lunas y por fin llegó la noticia más esperada: el enemigo había sido derrotado y las tropas victoriosas regresaban de nuevo al reino.

Se preparó un banquete para agasajar a los vencedores en el que había de todo: venado, aves asadas y pescado, todo ello servido en las mejores bandejas de oro y plata.

La feliz princesa, más radiante que nunca, lucía una capa que le cubría de la cabeza a los pies y estaba tejida con plumas de todos los colores. El resto de invitados también lucían sus mejores trajes como símbolo de la victoria.

Todo era perfecto, sólo faltaba la llegada de su amado, el capitán.

De pronto, llegó un mensajero con una tremenda noticia: el capitán vencedor había perdido la vida en el combate.

La princesa cayó desmayada. Sus doncellas la llevaron a sus aposentos y los médicos de la corte le atendieron con lo mejor de su ciencia. Cuando volvió de su desmayo, el brillo de la vida había abandonado sus hermosos ojos, que se mostraban tristes y apagados, rodeados de ojeras.

Pidió que la llevaran junto a una ventana desde la que se veía el camino por el que llegaban los soldados vencedores, y allí, arropada con su espléndida capa de plumas, sin comer ni beber, dejó el mundo con la mirada siempre fija en el camino por donde debería haber vuelto su amado.

El palacio real se vistió de luto. El rey dispuso que no sonara ninguna música y que los pájaros abandonaran los jardines para no quebrar el silencio. Sólo los búhos se mantuvieron, rígidos y mudos, en los árboles alrededor del túmulo en el que descansaba la princesa.

Entonces, apareció, entonando melodías triunfales, una parte del ejército que había quedado rezagada.

Un mensajero se aproximó al rey y le dio la gran noticia: el capitán estaba vivo y a punto de entrar en la ciudad.

Poco después, el capitán victorioso entraba en la ciudad con los prisioneros.

Pero al entrar en palacio y encontrar ante sí el cuerpo sin vida de la princesa, que yacía preparada para los funerales, el infeliz capitán, desesperado, intentó hundirse un puñal en lo más profundo de su corazón.

Y lo hubiera conseguido si sus propios soldados no le hubieran detenido a la espera de que recobrara la razón.

Al día siguiente, con el permiso del rey, el capitán llevó a su amada sobre unas andas de oro a la cima de una de las dos montañas que se veían desde la ciudad.

Una vez allí, el capitán depositó sobre la nieve a la princesa con ayuda de sus acompañantes.

—Amada mía, yo velaré siempre tu sueño –dijo el capitán, mientras con su mirada le decía el último adiós.

Luego subió hasta el cráter de la otra montaña y, a la vista de todos los que estaban con él, se precipitó hacia el abismo.

Al amanecer, los aztecas vieron que la nieve había modelado el cuerpo de la princesa y que de la montaña vecina salían negras columnas de humo.

Desde entonces, la primera montaña se llamó Iztaccíhuatl, que quiere decir «mujer blanca», y a la otra, la llamaron Popocatépetl, que significa «montaña que humea».

Y cuenta la leyenda que al no poder el destino unir sus vidas, serán montañas amantes mientras el mundo exista.

Contenido

© 2009, Editorial LIBSA
C/ San Rafael, 4
28108 Alcobendas (Madrid)
Tel.: (34) 91 657 25 80
Fax: (34) 91 657 25 83
e-mail: libsa@libsa.es
www.libsa.es

ISBN: 978-84-662-1978-5

Ilustraciones: María Parra
Edición: Equipo editorial LIBSA